后现代小酒馆

胡宇聪 著

中山大學出版社
SUN YAT-SEN UNIVERSITY PRESS
·广州·

图书在版编目（CIP）数据

后现代小酒馆 /胡宇聪著．—广州：中山大学出版社，2019．12
ISBN 978－7－306－06801－9

Ⅰ．①后…　Ⅱ．①胡…　Ⅲ．①散文集—中国—当代②小说集—中国—当代③诗集—中国—当代　Ⅳ．①I217．2

中国版本图书馆 CIP 数据核字（2019）第 291764 号

HOUXIANDAI XIAOJIUGUAN

出 版 人：王天琪
责任编辑：王延红　姜星宇
封面设计：刘　犇
责任校对：袁双艳
责任技编：何雅涛
出版发行：中山大学出版社
电　　话：编辑部 020－84111946，84110779
　　　　　发行部 020－84111998，84111981，84111160
地　　址：广州市新港西路 135 号
邮　　编：510275　　传　　真：020－84036565
网　　址：http：//www.zsup.com.cn　E-mail：zdcbs@mail.sysu.edu.cn
印 刷 者：广州一龙印刷有限公司
规　　格：880mm×1230mm　1/32　6.375 印张　彩插 16 页　100 千字
版次印次：2019 年 12 月第 1 版　2019 年 12 月第 1 次印刷
定　　价：28.00 元

作者简介

胡宇聪，生于2002年4月8日，高中生，对哲学和讲故事感兴趣。高一时与同学共同创办了公众号Idea Channel，作为主创，负责撰稿及审稿，发表自己及其他高中生的优秀随笔、小说和阶段性的感悟，旨在通过尚显稚嫩的文字，传递当代青年内心的声音。

本书收录了作者高中阶段零散创作的短篇文章和诗歌，集合成书，呈现出千禧一代的内心思考。

序

从来没有给人写过序，没想到第一次，是写给一个中学生。

最早读到胡宇聪的文章，我惊讶于文笔的流畅和内容的深邃，感觉不像出自一个才 17 岁的少年之手。然而文章所散发的蓬勃的青春朝气和锐气，又彰显着“00 后”特有的风采。

胡宇聪确实是个学霸，他从高一开始自学《经济学原理》，独立完成了经济学论文《我国绿色金融发展的现状、挑战、对策以及展望》，后来这篇论文发表在国家级刊物《中国集体经济》杂志上。2018 年，他参加清华大学举办的登峰杯学术科技创新大赛的学术作品竞赛，并凭此论文获得了省赛第二名、复赛第一名、全国比赛第三名的成绩。

在高中，他作为主创，与同学共同创办了公众号 Idea Channel，发表自己及其他高中生的优秀随笔、小说和阶段性的感悟，旨在通过尚且稚嫩的文字，传递高中生内心的声音。

小胡同学很喜欢阅读，看的书多了，便也萌发了自己创作的念头。于是，他在空闲的时间，遇到有感欲发的时候，就把自己心里的想法写出来，久而久之，也积累了不少文章。他希望在高中毕业前，能够出版一本自己创作的书。也许，他是想借此对自己的中学时光、对自己的青春有一个总结，有一个审视，也留下自己独到的思考。

在《我们与此为伴》一文中，他这样写道：生的对立面，并不是死，而是苟活。在《城市的答案》一文中，他写道：作为在南京生活很久的北京人，我一直在思考着故乡的答案，现在我似乎越来越明确，吾心安处是吾乡。……人生就是不断地颠簸，多少年之后都会记得。在《过年》一文中，他写道：新的一年得学会"从后天看明天，而不是从昨天看明天"。他也很关注社会新闻，如针对一个17岁少年与母亲争吵后跳桥的事件，小胡写了《跳桥》一文。他思考两代人冲突背后的原因，然后得出了自己的思考："我们终生在学习说合适的话，然后得体地闭嘴。"

看了他的几篇文章之后，我入迷了。文章犀利，文字流畅，内容也很吸引人读下去，更让人感动的是作者理性睿智的思考。

谈起"00后"，人们通常会给出这样的评价：叛逆、自我、随心所欲、个性张扬……胡宇聪无疑是有个性的，他不随波逐流，对事物有自己独到的思考。但是，从他的文章中，你能读到一种正能量。如果用一句话来形容胡宇聪，我认为就是"随心所欲不逾矩"，就是既追求自我，也懂得有取舍、有规矩。

胡宇聪有一个小名，叫作"八斤"，关于这个小名，有一个有趣的故事。他出生的时候，足足有八斤三两。他慈爱的太姥姥说，小名不如就叫"八斤"，而且，"八斤"的谐音是著名作家巴金，长辈们希望，小胡能够像大作家巴金一样，才华横溢，文采飞扬。

谈到这部书的书名，有人提议说，叫《“00后”的新思想》。小胡提出来自己的想法，他希望书名是《后现代小酒馆》，我不由想到了《深夜食堂》，也许，他想表达的，就是一个中学生的“八斤碎语”，看似漫不经意，随心所欲，却能在平淡、冷静又不失有趣的叙述中，看到一个年轻的、悸动的心灵背后的所思所感。

蝴蝶幼虫在成为美丽的成虫之前，是要破茧的，小胡同学就好比那只正在破茧的蝴蝶。也许，现在他仍显纤弱，还不能一飞冲天，逍遥天地，但未来，他会如鲲鹏般直飞千里。

可贵的是，17岁的他虽然取得了不少成绩，但仍然非常低调和谦逊。他在文章中写道：我深知人外有人，天外有天，自己不过是宇宙中的一星磷火而已，便谦虚。

当下的胡宇聪，还要像蝴蝶一样翩舞花间，在生命丰饶的花园里采撷或甜美或苦涩的花蜜。最重要的是，要做一只寻找不息的蝴蝶，叩问过去，探求意义。正如胡宇聪书中所写的一样：“与智力一样，三观会随着时间的推移、个人的成长以及对价值的深入探索而进行调整。我试着思考过生死的意义、人生的价值、生来的使命等，最终发现，每过一段时间，心中的答案似乎都不尽相同，不过，我发现人终归是要回到自己内心的，那些我们所喜爱的，以及可以让我终生受教的人与事物，其实就已给出了我们所满意的答案。”

前路还太长，他仍需迈步向前，自知未可停下。

李明

（《中国中学生报》主编）

2019 年 9 月 28 日夜

目　　录

散文

读者来信

博尔赫斯老先生：

见信好！

最近您一直出现在我梦里，或者是您创造的那些意象们一直出现，所以我得和您交流一下，换几夜安眠。

您是我的偶像，这事儿挺重要的，我这人不容易有偶像。咱俩有点像，都痴迷于写短篇，但我是纯粹因为写不出大部头，憋不出什么玩意儿。您的小说都是可怕的作品，我从来没在别人的书里感受过同样的战栗，尽管您从来不涉及血腥和鬼怪。《沙之书》我读了得有至少十遍了，要不是因为您只写短篇，我可能也没机会那么反复地看。每次读都感到惊奇，满身鸡皮疙瘩，甚于小儿不敢夜啼。实在太怪了，永远读不完的一本书，岂有此理。我也试过去解读，以我喜欢过分解读和胡编乱造的习惯，我的理解是，这本书在写你我，我们的出现都只是像其中一页，纯属偶然，毫无规律，更不用说什么天命之选。我们和这个世界就是一个误会。我从来没有底气说 C'est la vie（这就是生活），这也太悲观了，我猜您其实不是这么想的。但是如果您真的是这么想的，那您应该也喜欢观察那些爱吹牛的大哥们，一出多荒诞的人间喜剧。

您的作品里，给我影响最大的是《巴别图书馆》，虽然可能这个短篇在您的所有作品里显得挺不重要的。这篇小说给我打击挺大的，我永远没法写出这种文章，那我还白费劲儿干啥呢？后来想了想，不光是我啊，那些诺奖得主又有几个人能写出这样的短篇呢？那我和诺奖得主们也差不多，这么一想，心里舒坦多了。我和很多人说过，这里的巴别塔建构和描述了我所有对“永恒”的模糊的概念，扭曲着、压缩着、坍塌着螺旋上升，翻转又反复着，像是大海退了又回潮，永远没有尽头。这个塔，或者说您写的图书馆，包容着所有可能性，任何数字的任何随机排列都能在其中被找到。它只是有选择地对我们敞开，没有起点，也没有终点。每个人都在不断上楼、下楼，寻找原点之中荒废了一生。可能这是一个黑洞，往远了说这就是宇宙；往玄了说，“我心即宇宙”，这是内心情感和属性的系统。也正因如此，人性是没法推敲的，因为无穷尽的复杂性，给人们以一次次的失望。这种庞大的系统呈现在一个短短的文章里，用“浩瀚”来形容都显得格局太小。您怎么写出这种小说的？要是交由我构思，真要想出这么复杂的东西，我差不多该头秃了。

您老的书挺难找的。我跑了好几个书店，都没能发现您的书。一开始，我以为您和我犯冲。清华旁边的三联韬奋书店断货了，还有几家网红书店的店员都没听说过您。这能忍吗？说白了，无非货量太小，而想装格调的文艺青年又太多。后来在798艺术区的一个私人小书屋才发现您的全集。人受压迫久了都会有强烈的报复性行为，谁还不是个人了呢？我冲动消费了。

我喜欢收藏一些原版的书籍杂志，当然必须是在旅途中偶遇买到的，外语书店买来的不算数。一开始纯粹是为了装，后来收着收着，收出了些真兴趣。我在巴塞罗那的Gracias大街上一个书店里买过一本您的诗集——当时就剩一本了——《老虎的金黄》。我还帮您留了个心眼，您的书籍左边是塞万提斯，右边放着聂鲁达。一左一右，一个是堂吉诃德他“爸爸”，一个是诺奖得主，这面儿够大的。您没得过诺奖，挺可惜，但也算不上什么大事，诺奖又如何呢？不过是几个北欧的知识分子对其他文明和文化做出的自己的评判。就中国的文人而言，我不认为莫言比北岛更加出色。中国的“仁”“孝”和拉丁美洲人民骨子里的魔幻，斯堪的纳维亚人民要多久才能参透？估计永远没辙。所以，诺奖关您什么事，又关我什么事。

夜长梦多，您的塔已经在我梦中绵延很久了。虽然，作为一个主客体交织的，带来无限好奇的隐喻，它已经太完美了，但一直做梦梦见这个，也没人受得了，您说对吧？我甚至可以把这个称为噩梦了，无限大与无限小在瞬间的放缩，的确给我带来了太多恐惧。睡觉跟飞进函数里去似的，无限接近渐近线的同时，我也无限接近“无穷”，或者说是几乎不再存在了。对自我同一性的需求让我总在凌晨醒来，没怎么睡好。我想您应该不会那么残忍地夺走我的夜夜美梦吧，又或者现在这一秒我仍然在梦里，不清楚。我想醒来。正好借这个契机问您老好，不知道您在那一边过得怎么样，对了，真的存在那一边的彼岸吗？

问题太多，时间太少，就此作罢，您在那边多保重。

您的一个读者

熬夜冠军

2019 年 9 月 1 日

跳桥

最近很热的一件事儿，先简单复盘一下：

2019 年 4 月 17 日晚 10 点，上海卢浦大桥。

17 岁在校高二男生，因为琐事与母亲发生口角。

争吵起因：儿子在学校和同学发生矛盾。

母亲驾车行驶在高架桥上，途中停车，男生推开车门，跑向护栏，跳下大桥。

“120”确认男生当场死亡。

整个过程，只有 11 秒。

（新闻来自《法治进行时》官方微博。）

这是我最近看得最揪心的一条新闻，不仅因为悲剧本身，还因为这场悲剧也许早已无可避免。

（以下案情细节来自许多网络自媒体，无法保证真实性，本文仅仅借舆论中所描绘的母亲形象来讨论家庭伦理与亲子关系。）

网上有大量对案件的猜测，得出的结论是：孩子在学校受了欺负，在车上向妈妈抱怨，妈妈反倒开始责骂起孩子没用。车开到大桥上，孩子忍不住了，开了车门就奔着桥边护栏去了。

从视频上能看到，孩子一冲出去妈妈就跟着冲了出来，大概是孩子在车上早就放了类似的狠话——“你别再说了，再说我就从桥上跳下去”，而这个母亲的回应大概类似于“借你个胆儿你也不敢跳”。于是悲剧发生了。

试想，孩子要是跑到护栏没跳，反身走回来了，迎接他的会是什么？应该是母亲更嚣张的讽刺和挖苦，也许还免不了一顿打。也许这个孩子跳下去就是为了报复，以自己的死，换父母的泪。

这是个快意恩仇的世界，这是一个流行离开的世界，却不是一个习惯告别的世界。

它让我尤其揪心的原因还在于我妈的反应。就在昨天晚上，又是家庭群的三人视频电话，我看出来，我妈刚刚哭了，哭得梨花带雨的。我妈说，她看到了跳桥的视频，“孩子好不容易都养到 17 岁了，你看你也才刚过了 17 岁生日。太可怜了”。说完她就准备把这视频转发到家庭群里，我爸说“你可别，我看不得这种视频，听听就够了”。后来我也是在微博上自己看完了视频，真的很短，前前后后加起来不超过 20 秒。我妈说，让她一下子哭出来的，是跳桥孩子妈妈的反应：先是扒着护栏往下看，看到孩子掉下去以后，突然瘫倒在地上，跪着哭喊、捶地。那一瞬间的无助和绝望，或者说她完全没有时间理性地思考，还是懵着的状态，只是很清楚地知道，这一切的确无法挽回了。视频的这一部分也是让我流出泪来的片段。

我不知道他母亲现在怎么样，新闻不再跟

进了。

我接着往下看了很多评论，网上观点大概分成两派：一派十分同情妈妈，谴责孩子心理承受能力太差，妈妈养了孩子17年，骂几句怎么了？这么说的基本上都是父母辈的网友。另一派同情孩子，说他平时一定没少受折磨，这只是压垮骆驼的最后一根稻草。这么说的大多是年轻一些的网友。几篇新闻发出后，又有所谓教育专家出来说一定要培养好孩子的性格。可能家长们永远不理解，为什么孩子会那么脆弱呢？几句话就求死了？我不愿意急忙得出到底是谁的问题的结论，因为简单地把问题完全归咎于任何一方都是不公平的。一位母亲已经失去了自己的儿子，而这时大众却凭着心中典型的类型思维，认定这个案子一定是妈妈对儿子逼迫得太过分。以这种既存的偏见去指责这位母亲，当然是一种二次伤害。

如果舆论内容完全真实，那么这位母亲，更是一大批家长的典型代表。其中程度最甚的我们称之为“虎妈狼爸”。他们会用一些十分极端的方式去刺激孩子的潜能，用一些人为的挫折去锻炼孩子的逆商。就这件事情来说，这个母亲为什么在孩子向她抱怨自己被欺负后要骂他“没出息”？我想，她一定是希望用这种怒其不争的方式刺激孩子，激发他心中的不甘，以让他自己去把事情摆平，解决矛盾。她不爱他吗？她一定爱他，她特别爱他。从母亲看见孩子跳下去后瞬间崩溃就能看得一清二楚。那问题出在哪儿呢？真的就是这个孩子太脆弱吗？我不这么认为。是家长表达自己爱意和关心的方式出了问题。孩子在学校受了委屈向你倾诉，有两层意义：第一是相信你，认为可以从你这里得到慰藉和关心；第二，都到这时候还惦记着这件事，说明自己没法一个人很好地解决，希望得到你的帮助。而家长这时候还希望通过反激励让孩子振作，显然是不靠谱的，很容易适得其反。据我了解，习惯这样逆表达的家长真的不是少数。许多人并不能很好地表达自己的爱意，常常用错了方式，最直白的表达也只是给孩子买点爱吃的东西，总是害羞，不愿意说出“孩子，爸爸（妈妈）爱你”这几个字，和孩子保持着一种辈分的距离。

也许可以深究背后的原因。先给出结论，社会伦理是影响这一类父母的重要原因。我们处在一个以儒教伦理为基础的社会。我现在不是来探讨儒教伦理是不是一个最适合当作社会建成体系的伦理，这件事儿马克斯·韦伯早就已经做过了。我想讨论的是，在这样一个已经以儒教伦理为根基建成的社会体系中，对观念的遵守和超越。与一般形而上学的宗教教义不同的是，儒教教导人们要顺着这个世界进行调整和修正。但是比较普遍的是，对于儒教的传统理念的任何不遵守，都会被视为异端。从语言逻辑就能看出来，比如"不孝""不忠""不仁"，这些在汉语里是很重的批评词汇，而在我们观念中也是很不好的行为。这就是儒教伦理在观念中的剪影，而欧美的资本主义精神和新教伦理并没有对此做出很严厉的批判。所以我们可以得出结论，的确，在中国，社会伦理与价值观是符合儒教思想的。而儒教当然也有其自身的劣根性，其中一条所倡导的，很值得我们注意，就是对于等级观念的巩固——人应该坚守自己的等级，不逾越——从另一个侧面来说，人是分三六九等的。我想这不是孔老夫子的本意，但是表达者的宿命本就是被误解，即使是大贤朱熹对他的解释，也在很大程度上有所误读，况且朱熹的思想也被极大地误读了。传来传去，等级思想就以这种方式构建起来了。在这种思想的长期影响下，“巩固人与人之间的差别”就成为一个重要的任务。在家庭里，按照传统，父母比孩子高一级，类比于古希腊的“城邦制”社会，中国社会则是以家庭为基本单位形成的“家邦制”社会。古时候家中能够支配资本的父亲理所当然地成为一家之主，占支配地位，母亲次之。按上文得出的结论，父母在潜意识中会不知不觉地巩固与孩子的差别，“我是你妈，我说的都对”“我是你老子，你得听我的”“老子打儿子，天经地义”这样的话语就是很好的证明。同时，儒教的“三纲五常”中“父为子纲”这一条，也能作为一个很好的例证。以这样的理论为依据，上文所叙述的那一类父母，希望通过保持一种无形的距离，以维持自己作为父母的权威。因此，在话语权力中，表达爱意的语言被这类父母当作一种“示软”而被省略了。父母不愿直接表达自己对孩子的爱，就通过反激励，通过给予孩子挫折，希望促使孩子成长，然后作为成功父母的代表目睹孩子的辉煌。更多时候，这只是一厢情愿。

我很明白父母们到底是怎么想的。作为过来人，他们其实真心认为，全是芝麻大点事儿，这些事过了几年，甚至只需几个月，就已是嘴边拿来开玩笑的谈资。那位妈妈也许真的不认为被欺负是一件天底下的大事，觉得孩子自己就能找补回来。其实孩子需要的，真的只是像朋友一样的一句安慰，而不是一句逆鼓励，或者反话、嘲讽和刺激。我身边就有如此实例：同学说不想在食堂吃了，食堂吃出了苍蝇，他的父亲开口就是："我们那个时候还经常吃出蟑螂呢！"我相信这是真的，我也相信，这位父亲真没觉得这是多大的事。但如此表达的方式，真的能让孩子信服并且安心在学校吃下去吗？我猜孩子更多想的也许是"他真的爱我吗？"语言本身，实质上是一种权力关系。所谓的话术，就是合理地驾驭权力的不断转换。表达真的是一门学问，因此从事实出发，也许善意的谎言远好于残酷的真相。有时候，与其不分青红皂白地把孩子暴露在短时间内无法面对的现实中，不如张开羽翼暂时地包裹住他，趁还有能力张开羽翼的时候。我相信，父母没有必要要求孩子把自己承受过的痛苦再次承受一遍，以此来获得成长。承受挫折的确是一种成长的方式，但通过主动设计挫折去成长，到底是一种理智还是一种畸形和自虐呢？我无数次地想象，如果这时候他妈妈说了一句“没事儿，回去我帮你出气”，或者是“没事儿，我带你去吃点好吃的”，结果又会怎样？那个孩子或许不会奔向大桥的护栏了吧。改善表达的方式，仅仅如此，一切都会不同。

做父母的，为孩子做了那么多年的主，的确不适应突然与孩子以朋友的姿态相处，但我们需要承认的是，父母和孩子之间需要像朋友一样，共同分担，相互鼓励，有效沟通，彼此信任。像朋友一样相处，是合理沟通的最有效方式。父母与孩子相处模式的转型会是一个很费劲儿的工程，但我相信一定是值得的。从父母的角度出发，父母需要而且不得不承认的是：总有一天，孩子比自己更加有能力去做主。如果一直用一种命令的口吻与孩子沟通，到了那时，孩子也会用相同的方式来还治其身。与孩子当朋友，那就是一生的朋友——像很多我们看过的很美好的美国家庭片中的父子一样，那是我爸的理想。从孩子的角度讲，从很小就拥有两个愿意和我们共同成长的大朋友，是一生的财富。现在貌似一切事儿都能用原生家庭来解释，那么，像朋友一样的家庭关系，为孩子带来的会是一生的自信和豁达。

的确，突然一下变成朋友可能很困难，孩子和父母都受不了这样突然的转变。当然，按照普遍的说法，孩子要试着去理解父母。但是，父母也要从改变表达方式做起。当父母与孩子之间的有效沟通越来越多了，当父母与孩子间的信任纽带越系越牢了，就算不明说，也已成为相互信赖的朋友。

我猜父母一般都对孩子说过："我们不欠你什么。"但是孩子欠了父母什么吗？有人说，一条命。于是这个孩子说，好，我还给你。自杀到底有多遥远？可能就在身边。父母，正是由于身份的特殊，他们的一句话，可能决定了一切。

我们终生在学习说合适的话，然后得体地闭嘴。

有用的无用

哲学有什么用？我最喜欢复旦大学哲学学院王德峰老师的答案："没有用，愿者上钩。"

哲学并不呈现直接的功用，学习哲学无法使砖块变高楼，更无法使地产三斤粮，但哲学作为反身性的人文学科，其效用是无法被量化的，而是一种潜移默化的结果，是一切动作的内核。说到底就是"穷理"。

如果真的需要讨论哲学的用处，则需要形而上的体现。哲学满足人类精神生活的需要。人类精神需要的满足，有人取于宗教，有人取于艺术，而有哲学兴趣的人便取于求真。哲学通过思辨的方式，去追求真理。有许多人会认为哲学是没有什么用的，是闲人才去研究的学科。我甚至被问到过："学点有用的不好吗，学哲学干吗?"当这样的问题逐渐变多，"缺乏卓越精神和求真冲动"就成了时代症候。在这样一个语言高度匮乏的平民化时代，媒体的存活取决于受众的数量，因此群众的话语权力发生变化。当更多的人连生活都存在问题，形而上的探究只会给他们带来不必要的烦恼，这时，一味地求真的确没有必要。因此，在这个时代，卓越的冲动受到根本的限制。

哲学无用论在20世纪是一个伪命题，直到科技超速发展，人文学科的地位一落千丈。尽管现在许多学者都在呼吁重新重视人文学科，但这些声音在革新快、致富更快的科技井喷式革命与媒体经济面前，显得不堪一击。人难免出现心浮气躁而又短视的毛病。我们收获了经济大发展，也收获了这个平民化的时代。

在问哲学有什么用的同时，常常伴随的是

“哲学能给国家带来什么”。但这一问题也与哲学特征相冲突。哲学作为反身性的思考，不会处于一个高速发展的井喷式阶段，往往是缓慢却深刻的变革。哲学对国家的作用永远是间接表现的，通过具体事物表现。陈嘉映说：“不要问哲学家能为国家付出什么，问问国家能为哲学家带来什么。”柏拉图、亚里士多德并没有为雅典城邦做出什么贡献和牺牲，如果真要说有功绩，就是他们让我们知道古代还有个雅典。

哲学的影响不一定通过系统的理论来阐明，它往往转为时代的症结，从骨子里影响人们。举个例子，我国是有过存在主义思潮的。20 世纪 80 年代，《存在与时间》卖出了 20 多万本。海德格尔是以晦涩出名的，20 多万本哲学大部头在现在的中国市场看来也仍然震撼。存在主义对千禧一代的影响是深入骨髓的。“00 后”的成长轨迹中包含的对个人和个性的重视是前所未有的。所以我们常常将自我放得很大。长辈们常常诟病的“‘00 后’普遍缺乏团队精神和家国意识”这一个特征，不仅仅是民族全球化的产物，更是存在主义思潮对于中国传统思想的解构。

可能哲学和赤裸的金钱相比还是没有什么吸引力，所以认为它“完全没用”的人也无可厚非。在这个以科技为主，人文学科不受重视的后工业时代，哲学早就变成一个愿者上钩的选择。至少我愿意上钩。

我们与此相伴

对于无限的思考，每次都将我引向轮回宿命论的隧道。也许宇宙的本质就是无限，有着不可言说也不可望其尽的永恒存在性，一所巴别图书馆。而它正在无限扭转、延伸，充溢宇宙或者成为宇宙本身，一直蔓延到不知道是否存在的终点。如果一定要给它赋予一个形象，那漫威《奇异博士》里折叠、扭曲、颠倒又螺旋地重复的世界就是我想象中宇宙真实的样子。换一种形而上的语言来表达，就是叔本华无数次论证的，世界的本体是意志，而人的生命最终只是意志的体现和镜像。在学导数的时候，我突然会有一种天马行空的幻想。我觉得，导数在某种意义上体现了梦境的性质。通过一阶导能解读原函数，二阶导再解读一阶导，三阶导还能接着来解读二阶导，甚至通过三阶导能望穿原函数。亦复如是，过去已由未来决定，我们也能在未来看到过去的影子，一层一层，跟剥洋葱似的，去完成梦的解析。于是可以得出的是，梦中的世界是我的知识和生活的总和，这便是我简单的无限。

我们正在用的文字，也正是无限的一种表象。文字各种各样的无限的排列组合，象征着由作为符号的万物编织出来的无限的世界，也象征着整个宇宙及其未知而混乱的无限性。渴望突破认知的局限、时空的束缚见证无限，最终却在体验到无限之后，因生而为人的渺小而感到无奈、痛苦、噩梦缠身。这是无限带给我的。

这么说有些玄之又玄了，我们现在就身处地球，身处宇宙中啊，何谓成为宇宙呢？在我看来，不可避免地将答案指向了死亡。叔本华在《作为意志和表象的世界》中有一段很美的话："由此我们就可以想象，要是一个人的意志不只是在一些瞬间，如美感的享受，而是永远平静下来了，甚至完全寂灭，只剩下最后一点闪烁的微光维持着这躯壳并且还要和这躯壳同归于尽，这个人的一生必然是如何的幸福。”刚巧，刚过去的全国两会，人大代表顾晋提了这样一条建议：从中小学生开始，全民开展死亡教育。清明节这时候，正值得说说这话题。

生的对立面并不是死，而是苟活（所谓生不如死）。那死亡应在什么位置呢？这是一个值得思考的问题。或许，死和生是同义词，谁又能说清呢？寂灭烦恼，圆满清净功德。看着河水奔流、树木摇曳、晚霞飘逝，人总是会突然对时光的逝去产生一种非常震惊的感觉。意识之流携带着一切感觉、经验连续不断地奔涌，植根于脑海之中，连续不断地流，使人领悟到绵延。流动的生命，死后也许继续存在。

解释起来是个费劲儿的事，我先从一部电影讲起。

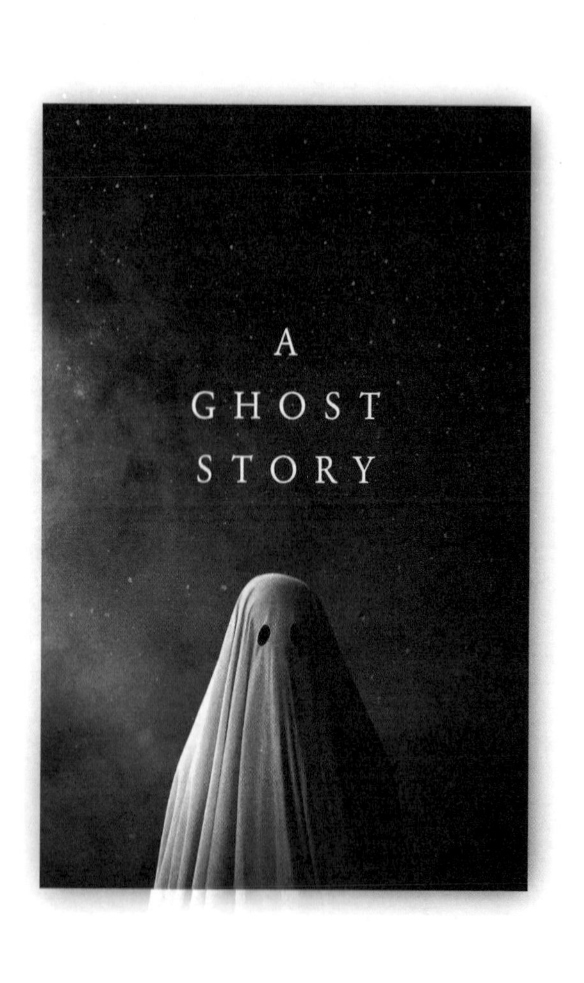
A
GHOST
STORY

这是我最近看过的一部电影，叫作*A Ghost Story*。我原本以为是部惊悚片，奔着主演去看的。看了才知道这是一个多么温柔的爱情故事，关于孤独，关于重复，而后我知道了这部电影有个浪漫的译名——《鬼魅浮生》。这像是对伍尔芙的短篇小说*Haunted House*的另一种诠释（事实上，影片也引用了她这篇短篇的开头）。影片内容大概是这样的：男主角和女主角住在一栋房子里，不知为何，这个房子里总是有超自然现象。后来有一天，男主角在车祸中丧命了，在阴阳间里，他的灵魂披着床单站了起来，望着冷却的躯体。他没有选择走向天国，因为他还有执念——他的女朋友。于是，他走回家。（我最喜欢的塔可夫斯基的《镜子》里写过："没有肉体的灵魂是有罪的。"照这么说，心中所有的不甘和执念，就是拖拽灵魂的恶之花。）他发现没有人能看得见他、听得见他，只有和他一样披着床单的灵魂能够相互交流。他只能静静地看着女友品尝着他离去的痛苦，在安静中崩溃。他闭上眼睛，再睁开，却发现自己已经在几十年后的此地。房子还依旧，只是里面住的已不是他和女友，而是另一个家庭。他很生气，披着床单拿着盘子往地上砸，可是人们看不见他，能看见的只有盘子自己往地上飞，摔成粉碎。人们以为闹鬼了。他摔盘子摔累了，眼睛再次一闭一睁，来到了大概一百年后的此地，房子早被拆了，取而代之的是一栋很高的大厦。他很失望，倒在地上，眼睛再次一闭一睁，瞬间回到了原始时期的此地，人们打猎、烧火，不断进化着。他发现自己经历了一个轮回，他是在重新经历一次人类的历史。他再次闭眼睁眼，到了他和女友刚住进这个房子的时候。他披着床单，作为一个旁观者，坐在那儿，重新目睹自己和女友过去的一切欢乐。他发现之前房子里闹鬼的所有现象，都是披着床单的自己造成的。他接着目睹了自己被撞死，看着再死一次的自己变成一个新的“床单精”回来，又一次开始了守望，他知道自己成了老一代的“床单精”。最后的最后，他终于看到了女友留在柱子里的写给他的话，解开了心中的执念，一瞬间化为乌有，只剩下一堆落在地上的普通的床单。故事大概就是如此，我贫瘠的语言无法述尽影像艺术的美，但我更关心的是电影中关于永恒、无限，以及死亡的讨论。就像柏拉图讲过的那个灵魂轮回的神话，当灵魂终于挣脱肉体的牢笼，心无挂碍，就终于可以宁静地回归到自己所归属的那个光明朗照的理念世界了。美只是瞬间的真实，而灵魂所渴望的却是永恒。或许真的就是如此，若是留着执念，那在我们死后，我们都将披着床单反反复复地重新经历轮回，直到解开执念，然后在人世间化作尘埃，归于宇宙，归于无限。

我爷爷在3年前因为突发脑出血，盖着党旗走了。直到那会儿我才知道，其实真正的告别，哪儿来的长亭古道，更没有劝君更尽一杯酒，只是在一个和平时一样的清晨，我醒来，可是有的人永远留在昨天了。在他走后的几周，正是夏转秋的季节，我房间里朝南的窗户总是吹进阵阵穿堂风。我背对房间门写作业，总会听见门在风声中慢慢掩上的声音，就像爷爷经常做的那样，慢慢掩上，最后响起门锁和插销扣牢的一声“咔嚓”。会不会是爷爷披上床单默默站在我的身后呢？他是不是只是披着床单，其余一切照旧？还是像以前一样坐在秋千上看天，给院子里的鲜花草木浇水，陪着奶奶在房间里坐着，在书房玩电脑上的消消乐，周末打打麻将。他要是仍披着床单陪伴着我们，那困扰着他，让他徘徊不离去的执念又是什么呢？关于爷爷，我了解得不够多，但我总相信，他一直都在，披着床单，还是和往常一样放声大笑，一直陪着我，陪着家。在这种意义下，我想我仍然能够找得到爷爷。当我们像星辰一样以一种不求回报的激情燃烧着，我们的时间就和群星一样，是永恒。

活到这么大，我认识到的与其说是进步史观，倒不如说是循环史观。我总觉得，我们一直是走在一个循环旋转的彭罗斯阶梯上，总是以为一直在一往无前地前进，最后却回到了原点。我们爱学美国人说："一切都会好起来的！"但是自己心里明白："不变得更差就已经是求爷爷告奶奶了。"此中荒谬不言自明，人生就像马戏团一样——耍着杂技的轮回。一切的一切也都自有定律，老子谓之道，叔本华叫它世界意志。现在的我们，在百年后的人们眼里，或许也如同封建社会的草民在我们现代人眼中一样的迷信、愚昧和自大。我们从来只相信我们愿意相信的，我们从来只理解我们能够理解的，我们从来只看到我们可以看到的。现在“科学告诉我们”这句话和千百年前“《圣经》告诉我们”一样具有无上公信力，但是过了千百年后再看，或许也是一样的荒谬。现在的“科学”体系，不一定不会在未来分崩离析。在不久以后，也一定会再有一个爱因斯坦一样的天才，承受着舆论与嘲笑，不可一世地改变了人们的认知。说到底，科学只是和哲学，甚至和玄学一样，是一门学科，一种认识世界的方式而已。我并不是将科学引向一种否定且不可知的注脚，我想说的是，如果把现在的科学体系当作我们看待世界、认识自我的唯一标准和方法，并因此拒绝一切哲学和感官的倾诉的话，那就有些过于苍白且无力了。正因如此，我总是相信人不只此世的劳绩，也一定有灵魂的超越存在。人们常说，死了就什么都没有了，所以还是好好活着享乐吧。但有没有想过，其实生死或许也无非是“道”的肯定和否定这两种状态的体现呢？要是如此，那你的死亡放在宇宙面前，又算什么呢？没人能言说自己披上床单后的世界，毕竟没有人回来过，但每每只要这么想，就总会获得无限的慰藉，好像我的爷爷从未离去。写到这里，我看了看身旁的空地，也许现在爷爷也正披着床单站在这里看着我，只是我无法看见他，也不能和他交流，但想到我能感知着他的存在，就会感到心安。

柏格森在《时间与自由意志》中对死亡与死后生活进行了探寻：“如果作为我们意识使用质料的身体同我们的意识是共同存在的，则它就包含着我们知觉到的一切，一直延伸到星际的一切。”我可不愿意把文章引向神秘主义，在清明到来的这会儿，我更愿意着眼于那一座座我们都将去看望的墓碑。若是我们可以真切地看到披着床单的灵魂，照这个理儿，墓地该是最热闹的地方。也许我们到了生命的最后一天，真的是两眼一抹黑啥都不知道了，也许，我们也由此获得了披上床单的机会，我们也开始不断经历轮回，也许会找到和见证所有难题的答案和真相，然后心满意足地融入宇宙，融入无限。人作为现象存在才是要灭亡的，而若作为灵魂的连续存在，人就是不为死亡所触及的。如生无可恋，则死亦无所惧。那在此基础上，除了苏格拉底，应该没有人比我们更有勇气去面对生活和死亡的一切了吧。这是不是和张载的“存，吾顺事；没，吾宁也”如出一辙？所以在思想的天空，的确不问西东。这么说来，清明还真是一个很重要的节日呢。不知道我爷爷走的时候，是不是想的也是这些，还是牵绊他的那些执念呢。我又想我爷爷了。也许你刚扫过墓，或者在去扫墓的路上，又或者你并不打算去扫墓，但是请仔细用眼或是用心去体会一下吧，也许你能再看到那个早已远去的熟悉的身影。尽管虚空是无尽的，也愿你圆满地成为无穷。

找自我

我的小学，有一条类似于校训的标语：“素质教育，绽放自我”。所以我大概从很小就开始了对“自我”的追求。

随着年龄的增长，我对“自我”的定义总是不断更新，从“内心的信号”到“真实的欲望”，再到“本质的追求”，而我现在却真的失去了方向：真的有所谓的“自我”吗？或者，我们都只是被塑造的一个个自以为有着内核的形象？这一具肉身之中是不是中空的呢？

尔文·戈夫曼（Erving Goffman）在其拟剧理论中说，人类社会中的人际交往取决于时间、场所和观众。对戈夫曼来说，“自我”源于一个人基于文化价值、传统和信仰而呈现出的一种“戏剧效果”。在拟剧理论中，每个人都仿若一个表演者，根据自己身处的舞台以及台下观众调整自己的行为——在后台默默判断其价值观，然后决定呈现出哪一种面貌。

总说“生活只是一场大戏”，也有所谓“屁股决定脑袋”，也许我们真的是一个又一个演员，剧本即生活，是被在社会中接收到的每一句话甚至每一个标点符号左右着的生活。我们都想要不忘初心，可说到底，初心也不过是当时那个阶段被当时所接触到的信息左右的一个短暂的念头，终归是要变的。所以也许揭开一张张面具后，我们都只是一个个看不见面目、身不由己的演员，忘情地演着这场戏。

如果用一种宏观的视角，也许被每个人所珍视到无以复加的“自我”，本质上毫无区别。以形而上的语言来表达，就是叔本华无数次论证的，世界的本体是意志，而人的生命最终只是意志的体现和镜像。我们的自我如果真的存在，大概并不会有什么本质的不同吧。

也许与人性的起始状态相同吧，我总觉得自我与人性息息相关。人们总说人性不可捉摸，但仍有太多学者前赴后继地去对人性进行解构，我现在觉得，之所以人性难以捉摸，是因为人性是无限的。它包含着一切——一切的兽性、劣根、利己、善良、友爱、奉献……任何矛盾的，任何相近的，都是人性的组成部分。自我也一样，是无限的。我们真的永远无法参透自己的内心，我们有时甚至无法理解自己莫名的欲望，因为自我也是无限的，它太复杂，也太零碎，由太多东西构成，受太多事情影响。我们总是毫无保留地相信自我，却完全不知道自我将带我们走向辉煌还是灭亡，甚至没有一个真正的自我。

刻板印象中的自我，是一切变中的不变，可我们还是太容易成为另一个人了。作家赫塔·米勒说，一个人在写作时，就已经不是平时那个能够抵达自己、进行自我估量的人了。写作中的人无法到达他自己，因为他走得比自己快且远得多，甚至可以认为，写作中的人已是一个虚构的人：我对我自己也是虚构的。如果我本身都是虚构的，那自我的力量在哪里支撑着我呢？人与人之间的冷漠也许可以试着反驳"自我是共通的"，但尼采在《人性的，太人性的》中写道："有时，我们对别人的冷漠态度，通常被解释为我们的冷酷无情或性格缺陷。其实，它常常只不过是我们精神疲乏的表现。在精神疲乏时，别人对于我们来说，就像我们对于自己一样，都是无所谓的，甚至是令人厌烦的。"更多时候，我们真正厌倦的，是自己的自我。

人性本恶或是本善不必再辩论，是经历使我们不同，但所谓自我，却只是靠不同的经历包装的相同的意志。这挺令人沮丧的，但这也有一种绝望中的荒谬的积极。正是因为我们并没有很大的不同，那又何必如此放大自己呢？真正明智的做法大概就是在体会到无穷之后，像水流一样，流动着，拥抱面前的一切。这与佛学和禅宗不谋而合，体会到无限之后，放下“我执”，体会六根清净之顿悟，以人我无别的不二法门，感受至趣，方得功德圆满，我即是佛。但一切的源头貌似都是：知道所谓的“自我”其实无关痛痒，而后能够放下“我执”。

消费的，被消费的

作为一个有理性又意识到自己处于消费社会中的人，我挺讨厌潮流的，当然，我也难免被潮流裹挟，冲走。可是，“我”是什么呢？“我”是否有能力以自由意志为引领，做出完全独立的选择呢？说到底，这个拜物教社会中，我有所谓的“自我”（identity）吗？潮流对“我”有什么影响吗？影响是好的吗？

首先，着眼于“自我”。其实早在几百年前，康德就试着给出答案。康德对笛卡尔的“我思故我在”（Cogito，ergo sum）和洛克的人格同一性进行了继承与超越，又对休谟的“一流知觉”进行了批判（也有研究说康德对休谟的批判仅仅是在伦理学角度，哲学内涵实则二者相同)。康德提出了自己的先验自我论。他说道："如果没有先行于直观的一切材料而存在的'意识的统一性'，我们就不能有各种知识，不能有知识的这一方式和另一方式的联系或统一。这种纯粹本源的、不变的意识，我将称为'先验统觉'。"康德说明了这一点，我们总是将不同的零散印象和感觉综合为一个统一的整体，否则我们将无法知觉任何对象，无法对任何具体的对象产生对应的经验。因此，自我是一切感觉和思想的逻辑主体，这应当是一个先验之物而非经验的对象。举一个简单的例子：当我们没有任何初始经验时，我面对一个苹果，如果没有一个先验的主体，我就仅能具备一些朴素的感觉和印象。比如说，我能看见红色，能看见圆形，正是先验自我将这些感觉结合起来，形成直观的对苹果的领会。

康德论证了人如何塑造自我，而到了福柯的年代，也就是近现代，人的"自我"受到严重的轻视，或许康德的概念需要一个更新。而受到尼采“主体已死”的影响，福柯一直怀疑和敌视那个高高在上的起构造和奠基作用的主体，也就是先验自我。他的怀疑不是毫无理论支撑的，在他之前，就出现了法兰克福学派，他们对资本主义商品经济及消费拜物教进行了严厉的批评。

作为法兰克福学派的代表人物，哈贝马斯曾与福柯有过一次公开的针对“启蒙”的辩论。所幸，在对于潮流的批判方面，双方无异议。哈贝马斯早就提出：西方理性化的进程体现在技术理性及其对生活的渗透中。而技术理性无法解决经济井喷伴随的价值观问题，因此，“在资本主义制度内拯救人的精神毫无希望”。

这时有两个概念十分耀眼：马克思的“异化”和卢卡奇的“物化”。马克思提出“人的异化”是这样展开的：劳动规程在资本主义中成了工人外在的、非本质的价值，劳动成为一种肉体折磨，工人开始逃避工作，因此，工人的精神与人的本质精神形成异化。并且，异化过程是无所不在的，消费主义的产生就是全球性的全面异化。“物化”相对更加复杂一些：在经济活动中，劳动对象不属于劳动者，劳动者的能动性被埋藏，人与人的关系成为人与物的关系，是劳动者作为工具融入某一机械系统中。随着经济活动过程同时物化的，还有政治领域和社会意识。福柯以异化和物化的概念为基，接着论证了在现代社会并无所谓利己主义，有的是现代性自我关怀，任何违反自我关怀的活动，都毫无例外地被动进入物化和异化的过程。

一呼百应似的，马尔库塞也论证了消费社会中文化工业的弊端。他提出要区分需求，认为真实的需求应该包含内心的自由和批判的理性思维，虚假的需求则是应和流行的需要，由利益团体人为制造。文化工业恰巧有四个特点：

（1）具有先进的传播技术和手段；

（2）混淆真实需求和虚假需求的界限；

（3）本质是赚取利益；

（4）构成欺诈性意识形态。

由此可以推出，物质追求不是人的本质特征，可人们容易被操纵，很多人“把商品当作自己灵魂的中心”便是典型的“物化”和“异化”的表现。大众文化是以全球化的现代传媒为媒介的当代文化形态，由消费意识形态筹划，引导大众的当代文化消费。在这个消费时代，自我受物欲控制，新型的极权社会通过源源不断地提供物欲的满足，来消解人的批判意识和压抑人们对超越的追求。人类在当代不断被物化和异化，消费主义大行其道。

人们对商品符号意义的消费是对欲望本身的消费，是虚幻且无止境的。正如福柯所说：“流行文化的整个运作过程，体现了现代人对于欲望的盲目崇拜。”福柯主张自我是个人建构出来的，而且不断地再建构，而不是存在于个人内在的一种不变的本质，有待个人去发现，去认知。福柯揭示了主体的真相：并不存在所谓的先验自我，主体实际上是在现代性进程中权力主体通过掩饰个体经验而构造出来的，自我是通过支配技术（Technologies of Domination）

和自我技术（Technologies of the Self）共同作用所建构的结果。

在《规训与惩罚》中，福柯认识到了支配技术之后，致力于研究自我技术。他认为，自我的技术在其中发挥了作用：它“准许个体按自己的方式或在别人的帮助下，对自己的身体、精神、思想、行为和存在方式实施某些操作，以转变自我，达到某种幸福、纯粹、智慧、完美或不朽的状态”。正是这种自我的技术使个体内化了那些外塑的规则，它体现出的是一种自我与自我的关系，凭借自我对自我的控制或认识，来使自己行为对象化，进而按照外塑的标准实现自我对自我的管理和控制，固定、维持或改变自己的身份。

一般谈到自我都是与自我同一性相关联的，“自我认同”预设了自我必须自相一致、自我同一，否则是病态的。这个概念使自我逐渐趋向单调。对福柯而言则刚好相反，他认为非同一是有益的，自我能够不断求变，这与快速变迁的现代社会有着对应。福柯通过对自我的重塑，以一种现代的方式，将自我论赋予了当代的指导性。每一个时代都有其特有问题，一个时代的问题不可能从另一个时代找到现成的答案。在已然迈入信息化和全球化时代的今天，一切价值都需要被重估，一切信念都需要被打破。

“自我”是一个反思性的概念，作为时代精神的反思形式，哲学在此反思的正是身处其中的我们自身。通过论证，我们可以有信心地说，我们根本没有如此内核。人从来不是什么孤岛，在一个包括学校、医院、监狱在内的严密的社会规训系统里，处于无所不在的权力话语的掌控之下，先验设定意义上的人是不可能存在的，“人”只能是权力话语所规训出的产物。我们出生时是完全无领会状态，没有什么先验的自我存在。讨论自我时永远离不开他人，我们是自己的主体，也同时是社会的主体，因此一切都在对自我进行建构。正是我的每一个选择、接触的每一件事，塑造成了当前的自我。而这个自我自然也不是不变的，我们永远处于“再塑造”的过程中，至死方休。福柯使人通过自我技术的自我实践过程，使自身成为一个伦理的主体，这就是所谓的“自我化”。

学校期末考试的作文是谈潮流，我放弃了“两面性”这个“万金油”，看上去似乎把潮流写得一文不值。当然，我们知道并非如此，但对于消费主义和潮流，我选择的仍然是否定。以一种“阿Q精神”无关痛痒地指出类似“辩证性”和所谓的“虽然……可是仍然有着一定的优越性”的朴素辩证法对我们来说实在太过简单了。可是，如果对每一件事情都做出一个两边都不得罪的中庸的结论，又有什么意义呢？因为在这些语境下，所谓的“中立”“理性”“一分为二”，都是在压抑某些本应当被听到的声音。辩证地看问题的确是一种理性的思维方式，但当人们开始拿辩证法当作护身符来逃避问题，这一定是值得反思和批判的。“中立”在我们面对很多问题的讨论时确实不是最好的立场，有时候甚至是一种不存在的立场，或者，说得更严重一点，可能是一种比偏见（prejudice）更为恶劣的虚伪立场。

我在文章里谈了康德、福柯，说到了马尔库塞、哈贝马斯，甚至提到马克思和卢卡奇，我不是想说我是一个复读机（没准儿真是），而是在表达一种认可。大师之所以为大师，其中一点就在于，除了他们自己说的话，再没有任何他人组织出的语言，比之更能清晰地表达这个观点。

潮流就是这种东西，我们用尽浑身解数也无可避免地被裹挟着冲走，因为没有任何力量可以阻挡利益的驱动和大众的“集体无意识”。我们所有的努力就在于一个微小的意义：我们最终要回到我们自己。

最后回到法兰克福学派，卢卡奇作为西方马克思主义代表人物，在全球掀起巨大波澜，但通常收到的是负面的评价，因此，卢卡奇被迫收回自己的言论。西方马克思主义通过地下渠道进入中国时，卢卡奇也被打上“左”的标签儿。所幸，理论的价值最终被重新发现。法兰克福学派对消费主义社会如此激烈的批判在当时的确显得惊世骇俗，前瞻性可见一斑。也许正是因为足够先锋，以至其与今天的社会都能完美对应。“异化”与“物化”在今天仍然有着足够深刻的批判性。从理论提出到现在已经过了快50年，可我们，似乎还是正有意识或无意识地被消费主义的潮流裹挟着。

穿衣自由

“Women are oppressed.”

这是女性主义专家 Sally Haslanger 对性别共同性问题做出的回答，她还认为男性是 privileged 群体。这种 oppressed-privileged 的女性—男性关系是性别化的，甚至就是性别本身。

“女权”从来都是一个中立的词汇，它代表着提升女性的社会价值，直至达到与男性价值平等的概念。也许甚嚣尘上的“田园女权”使女权蒙上了灰，但不需过分澄清的是，女权应该是，也的确是一种需要被分享的价值。

衣服不仅仅是用来遮蔽身体的布料，在社

会中，它更是一种特殊性质的符号，一种价值交锋的场所，一场男权对女性的规范和女性自我掌握自身权利的对决。仔细想想，“夏天也不能瞎穿，不能走光”“穿得多才安全”，是一种明显的男权语境下的产物。这种对于女性穿衣的“社会普遍规范”从来没有在男性身上发生过，男性裸露的代价会小很多，承担的社会压力不同，当然也会少那一丝色情意味。从中国传统习俗中的缠足到黑衣大食的丝巾遮面，被规训的对象一直是女性。在这样的社会规定中，女性甚至不是作为一个具有独立社会属性的个体被讨论，而是一个彻底的男性的附属品。太多的人会说，“穿得多点是在保护你啊姑娘”，而社会似乎也默认了这一点。这就是最可笑的一点，因为这个结论的前提就是：由于男性总有着不可自控的对女性肉体的欲望，因此女性需要通过穿更多的衣服来隐藏自己。这里做出妥协的是女性，而被欲望冲昏头脑不可自控的男性则心安理得地享受女性的妥协。这让我想起英国的脱口秀演员 Michael Mcintyre 的一个段子：“再别跟我说女性穿得性感美丽是为了勾引男人。男人？男人根本不需要勾引。”

男性真的是如此不可自制，以致屈服于欲望吗？当然不是，但这种社会规范的默认就是对男性行为的一种预先宽容。似乎就是在说，作为男人拥有自制力当然是好的，但就算你突然失去了自制力，社会上也总会有一种舆论给予你宽容。

我们见得最多的，也是批评得最多的言论是：“‘骚浪贱’就是穿得少！”当然，可以从逻辑角度进行一个简单的反驳：的确有一定数量的“骚浪贱”喜欢穿得少，但并不能证明穿得少的就等于“骚浪贱”。一轮又一轮的 Bra-free movement 出现，我相信参与活动的女性基本上都是热爱自由、尊重自我、充满热情的女性。可这种言论在社会上并不是少数，其言论背后的思考过程是一个值得讨论的问题。从上一段得出的结论来进行推理，这种言论来源的思考过程大概是：由于女性穿得少容易受到男性的侵犯，而这些女性仍然选择穿着清凉，证明她们期盼着被侵犯，所以等于“骚浪贱”。那么完整的逻辑链大概是：在社会中女性更加弱小并且价值仅仅在于生育抚养下一代—男性十分强大，同时有着难以克服的对女性肉体的支配欲望—穿着暴露会引起男性的性冲动—正因如此，仍然选择穿着暴露是刻意的，等待着受到侵犯—“骚浪贱”。证毕：穿得少就是“骚浪贱”。这条逻辑链中充斥着极端男权主义的影子，女性的价值被异化为生育机器，女性不具有自我决定行为的自由意志，穿得少的女性因此合理地成为受害者。

我并不是在讨论男权社会的优劣，也许从某些方面来看，男性的确相对女性有一些先天的优势。但是认为男性生下来就优于女性一定是不对的。现在更普遍的情况是，人人都会说“人生来平等”，可很多人的行动中依然体现出了潜移默化下的传统中遗留的男女非平等观念，可能连他们自己都从来没有意识到，东西方皆然。

自我建构本来就是个受社会挤压的过程，我们都是被规训出的产物。可最让我痛心的是，我们对自己热爱的事物的放弃，并且眼神变得黯淡。我奶奶年轻的时候就挺漂亮的，年纪大了也依然爱美，每周都要花时间去做美容、唱歌、跳舞。可是她在买衣服的时候却特别克制。她总会问我："这件衣服是不是太年轻了？是不是不适合一个老年人穿？我要是穿出去会被说的。"这是日常生活的一个剖面，更是社会的一个剖面，它体现了社会进步到现在，面孔的美丽已经不再被归于红颜祸水，可对于衣服的要求仍然严苛。作为一个正在执笔的男性，更作为一个支持女权的学生，我对于"女性压迫"原本并没有直观的感受，可被种种事情触动后我才明白，我们一定需要发出声音，尽管可能很难被采纳，尽管世界几乎不可能被改变。

为什么说几乎不可能被改变？因为穿衣自由说到底是性别问题，而且不仅仅是一些公众号所言的性别对立问题，而是已经传承了千年的性别歧视问题。在中国古代粗放型经济、小农经济中，生产力决定社会统治地位，因此，身强体壮的男性轻而易举地成了社会中的优势性别。随着权力越来越集中，对女性的物化也越来越严重，最后，女性甚至完全是男性的附属品。缠足、妇德便是附属产物。这种传统思想一直没有改变，而是一代传一代，一直到今天。“做一个良家妇女，安分守己”看上去是一个优秀女人的自我要求，实则是社会对一个自由人的压迫和限制。为什么会出现“男朋友不让我这么穿出门”这样的问题讨论？情侣之间的个人权利本来就应该处于割裂状态，凭什么一方有权利规定另一方的穿着？难道这是一种宠物和主人之间的主仆关系吗？社会发展到现在，这事情看上去是有转机的，因为我们终于开始意识到了问题的严重性，开始有意识地对歧视进行消解。可这毕竟是少数，如果建构男女关系不平等的逻辑仍然属于社会主流，那永远无法完成所谓的穿衣自由。不仅是穿衣自由，女性期盼的许多其他自由的问题都不可能被解决。

我们并没有太多其他的出路，首要的也是唯一的，便是在这个社会地位并不依赖于农业生产力的今天，也就是男女创造价值能力基本没有差别的当今社会，男性女性共同发声，呼吁久违的性别平等。

開
放

德先生的面容

整整一百年前，正是新文化运动热火朝天的时期。民主与科学像是一剂猛药，打入人民内心，试着去拯救被封建伦理观念束缚着的人心。可到了今天，情况似乎并没有如当年所想。

民主是个老话题了。在外交部部长王毅出访时的一个记者发布会上，一名外国记者提出了“中国不存在人民民主”这样的荒谬论断，并以此为基础进行提问。假如中国真的没有民主，那先来看看西方世界的民主吧。

民主理论发展作为政治哲学的一个大话题被不断继承。古典民主论的核心——“人民意志”和“共同幸福”早已被现代话语体系批判地论证为不可能存在，但现代民主论也低估了人民。熊彼特的修正民主理论提到“民主是一种政治方法，而不是目的。民主不是人民的统治，而是人民认可的政权的统治”，但与此同时，他又论证了“人民是扶不起的阿斗，消费者总是不断落入广告圈套，大多数人民没有能力按照理性逻辑推理去把握事情，因此不是所有公民的意志都是值得尊重的政治因素”。因此他主张精英政治，主张由精英们全然为人民决策，以意大利洛桑学派大名鼎鼎的帕累托的精英社会分层为理论支撑。此处便是他自相矛盾的地方。第一点，决策层的精英也是由人民选举产生的。如果人民无法理性地判断，那么决策结果就不应被尊重，上台的政权便不具有合法性。决策者否定自己的权力来源，因此决策的机构也无处可寻。第二点，达尔的多元民主理论对熊彼特的民主理论进行了发展。他提出，理想的民主需要人民有效的参与。如果人民被排除在权力决策系统之外，则社会主义理想形态永远是无稽之谈。第三点，在坚持唯物史观的原则下，用于落地的实践比决策过程更加重要，因此，具体实施和履行决策内容的人民才是真正有必要参与决策过程的群体。

除去西方的民主资本主义，还有一种特殊的社会主义思潮，以民主的名义——民主社会主义。从中华人民共和国成立到现在，仍有一定数量的知识分子支持这种主义，西方学术圈对其有着许多赞美，其对于中国而言，也有一定的进步意义。其最先由伯恩斯坦提出，在英国兴起，以费边主义者拉斯基为代表。人们对其最清晰的印象就是现在的“北欧模式”。民主社会主义具有很强的杂糅性，结合了戈尔巴乔夫、费边的社会主义思想，甚至康德的哲学，只要是有用的东西，都能成为指导理论，但其本质上是反对以马克思主义为指导思想的。民主社会主义的杂糅性与中国人的中庸暧昧情投意合，于是获得了大批信徒。究其实质，是对资本主义的改良，并不能像科学社会主义那样带领中国完成革命的历史使命。

民主的确是我们永远追求的目标，但我们

追求的民主，是透露着新时代自由气息的民主，是能够真正感受并行使自己权利的民主，是真切感到自己作为国家一部分的民主。说民主容易，做到难。看看现在的英国吧，首相的权力来自议会，而鲍里斯·约翰逊此时却把赋予自己权力的议会给关闭了，于是才产生了暴乱。人民并不都是扶不起的阿斗，相反，人民是极其敏感的，只有培养人民的信仰，才是适合的方法论。如果不顾一切光谈民主的话，就会重蹈现在英国的覆辙。

政体总是一直在随着发展阶段变化的，要么是调整，要么是改变，一成不变的稳定政体在现实和理论中都不存在。科技的发展加快经济的发展，经济的发展加快体制的发展。所以到了现在这个时间点，西方民主理论和政体的提出也有一百年了。百年前的今天，李鸿章所说的“三千年未有之大变局”已过去太久了，在这个迎来第三次浪潮的后工业时代，也许我们有机会见证到新的改变。现在，特朗普和他的克莱蒙特研究所已经开始行动了。

城市的答案

今天是2018年12月28日，现在已经是晚上8点了，朋友圈中都是熟悉面孔的合影与视频。南京外国语学校现在正在举行新年联欢。造雪机轰鸣，初中同学几乎全部聚在一起，一起在大雪中对着晚会舞台热泪盈眶，在火锅店畅谈从前。而可喜的是，刚才手机上还有朋友对远在北京的我发来问候。他说："今年造雪了诶！你要是在就好了！"

我苦笑："离你们一千多公里呢……"

我还想告诉他，十一学校这里也用上了造雪机，下午4点已经是一样的雪树银花。可是我没说出口，因为我发现，明年就是高三，更不可能回南外了。

今天上课，老师给每人发了一张纸，让我们按照月份顺序，写上每个月记忆深刻的事，算是对全年的回忆和总结。我在纸上写了很多，从模联到辩论，往返上海、北京，写完却特别惊讶。在那么多给我留下深刻记忆的事中，有些感觉就像发生在前天，而有些则感觉是很久很久以前的事了。我猜这应该是一个好迹象，证明我在成长。那些在记忆中是发生在很久很久以前的事，那时的我，和现在打着字的我，差不多已经是两个人了。成长这件事，说白了就是越来越能够接受自己本身，优点和缺点能看得清楚点儿，无分好坏。现在的我，本质上是过去十几年我做的所有选择的总和（不是复读机也不是鸽子），而悦纳自己是件好事。我逐渐发现，对于成长的经历，难过的也好，开心的也好，再回顾时便是笑中带泪，然后沉默。每次回看当时懵懂无知的自己，总是会不自觉地微笑，然而一句话都说不出来。

在北京的第一个学期就要过去了，我发现这里也真的很不错。就在此时此刻，身边有的同学在用气球、彩带、花环布置教室，有的同学聚在一起玩着游戏，还有人嘶吼着唱歌，每个人都是笑着，很难不被感染。当自己踩上桌子挂彩带时，就真实地感受到身边人和自己的喜悦。任由窗外冰天雪地，所幸屋内温暖如春。仪式感是个很重要的东西。对我而言，仪式感基本上代表了节日于我的意义。现在我处于的环境，四周喜庆的味道，我很喜欢。

作为一个在南京生活了很久的北京人，我一直在思考着“故乡”的答案，现在我似乎越来越明确，吾心安处是吾乡。在纷扰中，自己的心在哪里能够安定下来，哪里便是家。卡尔维诺的《看不见的城市》中有一段话让我起了鸡皮疙瘩：“对于一座城市，你所喜欢的不在于七个或是七十个奇景，而在于她对你提的问题所给予的答复。或者在于她能提出迫使你回答的问题，就像底比斯通过斯芬克斯之口提问一样。”我意识到我一直在问与答的路上。

我觉得闪烁着的星光，也在表达着和我同样的感情。然而，星星也许并不像我那样，经历着颠沛流离，虽然它们也是会寂寞的。何必为部分生活而哭泣？君不见眼前康庄。在几年后，一样的银装素裹下再相遇，每个人都是自己想成为的样子，也算是殊途同归。人生就是不断地颠簸，多少年之后都会记得。

过年

元旦那几天，跨年演讲、年终小文在网上像是路边的石子，随便一瞥就能找到一篇。我在朋友圈看到一篇名叫《王朔的年终小文》的文章，看到第一句话我就乐了，这肯定不是朔爷写的文字。这第一句话“又到年末，不写几句好像不足以慰平生”，以王朔的性格，估计已经开始骂街了。我后来一想，这么油腻做作的文字，虽然不像王朔，但是像我的风格啊。于是我就干起了用这么故作姿态的文字来总结前一年，展望后一年的活。

新的一年得多睡。

前一周，刚结束在人大的冬令营，累得半死，一周的睡眠时间加起来也就18个小时。我发现睡眠真是很重要的，看着朋友圈里有人故作抱怨其实内心骄傲地熬着最晚的夜，倒也羡慕不起来。现在走到哪都带着保温杯的我，最享受的就是能够可以不中途醒来地舒舒服服地睡一觉。拥有17年睡眠经历的我，最享受的是刚刚进入睡眠状态——还处于半梦半醒阶段，尚有意识但已开始抽离的时刻——那个时候才可以真正体会世界，放空自己。我知道我算是幸运的，能够做到随时睡着，就算在失眠中，也能够催眠自己。按照庄子的话来说，人生本身就是一场大梦，何苦纠结不停，豁达点儿也就睡着了。

新的一年得学会享受独自一人的仪式感。

又是新年了，总是在年前对新年有着无数的盼望和祈愿，但每一次都是对着春晚刷手机度过的。现在是除夕，朋友圈中已经全是轮番发着的祝福，我内心不起波澜地快速浏览点赞，然后划到下一个。对春节的仪式感几乎消失殆尽了。我不知道为何我对春节已经如此毫无感觉，大概是在信息爆炸的时代，我们都被训练出了迅速提取信息的核心然后进入下一个信息的能力，于是表达祝福的拜年朋友圈便被自动归类成言之无物、毫无内容的信息而被快速过滤了，尽管我们都会留下一个赞。在我的童年记忆中，新年意味着一大家子聚在一起、红毛衣、拜年和红包。语文老师之前说过："一个人永远走不出自己的童年。"也许吧，我想。我对于春节的愿景总离不开喧闹，但我却不再喜欢人多的地方，越来越享受独处的时间，处于饭点、人声鼎沸的商场我也敬而远之。执笔时正在香港，不由感叹：尖沙咀人太多了吧，这是在北京任何一个街道上都没有的事情（庙会不谈）。在密密麻麻的人流中，各色人种、各味儿口音都有，却反而有种脱离感。菲茨杰拉德写过："我身处其中又置身事外。听闻着人事变幻无穷的面貌，入迷又厌恶。"人们常觉得独处会制造孤独，我并不信以为真，被裹挟于气场不合的人群中，才是这个星球上最孤独的事。

逐渐地，我把“人前不正经，独处很正经”当成了习惯，就算只身一人也不抛弃生活中的仪式感。有人说，这个状态很好，享受一个人的狂欢，但我常常觉得，这仅仅是一种妥协，见仁见智。

新的一年得学会“从后天看明天，而不是从昨天看明天”。

我有在节日给每一个朋友发一条个性化祝福的习惯，估计今年也会发，与那些没有什么联系的朋友进行礼貌性的问候。其实也挺悲哀的，因为我明白，一两天后，又会复归冷漠。最近有朋友说我挺冷酷的，在冬令营一起相处了好几天，然而分别以后都不愿意花时间发条朋友圈来好好告别。其实怎会不想念？只是明白心中所有的感动都会在时间中慢慢消失，要是发了朋友圈，那等很久以后再看这条动态时，脑海中只剩事情本身的回忆，少了情感和印象，这才更加残忍。新年对我们的意义并不限于辞旧迎新，也并不是过了除夕我们就变成了新的一个人。新年给我们的意义大概在于让我们意识到所有之前没能实现的梦想，现在又有了整整一年的时间去解决，于是我们怀抱更多希望。就是这样，这样挺好的。

新的一年要珍惜心中最初的不可名状的感受。

现在我们都喜欢谈价值、上价值。每一件事都爱上一个价值，于是每一件小到入微的事都被加上了“属于”自己的价值，也就意味着，一切事物都没了价值。这不是毛病，只是趋势，有人选择明哲保身，有人选择狂飙突进，而选择本身就是一种价值。你看，我们现在都会轻而易举地上价值，就像我上一句话说的那样。《月亮与六便士》中的斯特里克兰德最烦别人把专业性词汇带入艺术，在艺术前，一切主义、意象都是扯淡，只剩暴露其中的最纯粹的感官的刺激。人生也是一种艺术，为何要赋予每一件事情一个不匹配的很高的价值？何必去纠结每一件微小事情的价值？用心感受自己最原始的知觉，在纯粹理性中加入眼睛对世界的观察和对感官的包容与接受，相信自己的感觉言之有物，这才是真正地活着。

“新年”是一个人为的概念，就像时间一样，没人知道时间本身是否存在，但很明显，人们画在时间上的刻度是接近虚无的。正如一首诗中说的，“我们在空间里画线，在沙土上留痕，在虚空中做一个手势，然后把它叫作‘时间’”。春节晚会试图表现的也许是虚幻的，但真实的、重要的事情也在发生。新年钟声就要敲响了。

新年快乐。

人的力量，科技的力量

现在是2019年的11月份，没有什么特别的，“双十一”还是平淡无奇地在十四秒中突破了十亿元大关，只是，这和三十多年前的一个时间点对上了。1982年的《银翼杀手》中，预设的时间就是2019年的11月。在这样一个月份，有些荒谬，虚幻与现实产生了奇异的交错，现在和未来相互撕扯。我看向窗外，11月的北京，天色黑得较早，霓虹灯和高楼在雾霾中有些模糊，远处的中国尊闪着红色的灯光。像极了影片中赛博朋克的未来洛杉矶。和《2001太空漫游》一样，一部好的科幻片总能给人带来一些除了预言之外的东西，比如，对科技的警惕。

人们往往得鱼忘筌。我们从科技的进步中收获了太多，我们有全天24小时的热水、暖气；我们有发达的服务业、制造业；我们有足不出户的购物体验，有无论多晚都能在一小时之内享受到的外卖，有便捷的支付手段，蓬勃发展的共享经济；当然，我们还有化千里为一步的交流工具。这些看上去都如此美好，理想国都不一定比如今的生活更方便、高效、快乐。快乐？又貌似不是。我们往往忘了去“看见”。在吃外卖的同时，就有外卖小哥在深夜里赶着时间；有让我们颅内高潮的消费体验，就有快递员在路上不停奔波；有暖气和热水，就有管道工人在寒冷中的维护；用着高速网络和大功率电器，就有电工在谨慎处理着电线。我们总是很难去翻个跟斗看看硬币的另一面。

科技的益处当然有太多——它使生活变得

便捷，使社会变得高效。可是，科技使人类变得更好了吗？似乎没有。科技和分工使得人与人之间的剥削更加彻底，并以科技之面目为剥削蒙上遮羞布——人们被异化。其实，一切的优劣、得失，最后都应回到“人”的价值。归根结底，社会的存在目的，就应该是让人类变成一个更好的集体。可看着那么多被异化成“要素”的人们，我们怎么忍心做出“我们更好了”这样的论断？为什么真正的社会主义是最理想形态？正是因为在一个真正的完全的社会主义社会中，不再有不平等，也无论剥削。

科技至上已经使我们丧失了许多人文关怀，而真正改变世界、推动社会发展的，终归不是科技，而是制造科技的人们。社会不只是一座科技空壳，更是充斥着权力关系的文明系统，在这样交织的系统中，“人”才是唯一的主体。我们相去文艺复兴已甚远，可仍然在努力地“回到人本身”。在光芒万丈的轴心时代，人们疾呼“人是万物的尺度”，这不是在说人支配着一切，而是在表明价值是由人来赋予的，而当价值离开了人，便毫无意义。先有了人，接下来才有一切，我们该感谢的不是第一台电脑和第一盏电灯，而是人的祖先亚当和夏娃。

社会的便捷化与人类的进步不是正相关，社会使社会高效的同时，也在宣扬着“效率”的话语权力。“效率”在现在绝对是一个人人都在不懈追求的东西，可是“效率”其实是一个中性词。你看看艾希曼执着于提高“杀人的效率”、资本家压榨着“工人的生命效率”，这其中难道没有几分罪恶？效率是将“我”分割成时间，而效率的飞涨也就意味着人被异化程度的加深。当我们的时间被彻底“效率化”，你我都沦为了工具。钟表就是由此产生的。时间本身是否存在，没人清楚，而表盘却将时间分割成一个一个的小格。所以钟表的产生不仅仅表示时间，更精准地分割了人们的生活。

人有许多东西是不能和科技挂钩的。情感体验、审美感受、善恶判断，这些是人之所以为人的核心。可遗憾的是，科技的力量早就入侵了我们每个人。城市变得千篇一律，赛博朋克已经规训了我们的审美，我们早就在无意中囿于快消审美而再没有能力感受伟大的艺术。我们不能再欣赏宋代文人画的精致山水，看不懂拉斐尔的圣母的神性，体会不到伦勃朗的张力。我们已经看不进去莎士比亚和陀思妥耶夫斯基，更不用提康德、荷马。毫无疑问，我们已经活在一个反乌托邦的世界中，可怜的是，总有人沉溺其中，以为这就是理想国。就像每个时代来临之前就会有人成功预言它的样貌，这次也不例外。我们早就有了《银翼杀手》，过了不久又看到了《攻壳机动队》，他们成功的原因和影响都在于激起了人们那一丁点对于未来科技过分发达的担忧。不过健忘的人类很快就会忘却这些念头。

我们也是有出路的，人总不该彻底失去希望。的确，科技和我们捆绑在一起，我们已经没法遗世独立。面对浪潮涌来时，我们可以顺水推舟，而且还可以尽力划向彼岸。科技不是一朵彻底的恶之花。人是科技的主人，而不是奴仆。当我们运用科技去生活、去工作、去进一步发展科技时，我们至少永远不该忘记，"人"才是更重要的事情。人本主义应该永远凌驾于科技物用之上。"厩焚。子退朝，曰：'伤人乎?'不问马。"在科技充斥生活各方面的今日，我们如此依赖科技的今日，我们至少不该忘记，人高于一切价值。

取诸科技不是人类真正的出路。

小说

一个男孩的画像

男孩在去学校的路上走着，是晚上8点半左右。北京现在虽然是夏天，但天儿也已经全黑了。天上无处闪着星光，大概是一群乌云挤满了天空，但覆盖城市整天的厚重的云朵现在也已经很难从黑暗中分辨出来。

尽管一整天都天气不好，空气还很闷，男孩现在身上却有着一股蹊跷的甜蜜的气息。

他听见了向他靠近的脚步声。

这脚步声他太熟悉了。“我知道是她。”他想，不必回头。他在逼着自己装得云淡风轻、若无其事，尽管他的心脏跳得很快。仅仅在一秒之内，他都想好了要如何装成毫无准备的样子被奔过来的人扑上身。他仍然绷着。“不能放低姿态，显得那么殷勤就白瞎了。”他偷偷想着。

脚步声越来越近了。

他的呼吸也变得越来越急了。他想到，他已经很久没有和她说话了，最近他们闹了别扭。其实不是什么大事儿，只是他说话直，她心眼儿细而已，但是在一起相处很久到互相疲软的时候，轻拭火柴都能起火。这火一烧就是半个月，这么多天她都没和他说过话，放学也不一块走回家，他甚至听说她开始和别的男生聊天打趣。他是个容易上头的主儿，“我靠，我是不是被绿了？”这几天他总是这么问自己。原来一切丝线都能被慢慢解开，今天她这是来找他了，尤其还是跑过来，那么亲密。不必多观察他上扬的嘴角，如此甜蜜的气息，站在他一米开外都能真切地感受到。

脚步仍然在不断逼近，他身边的树叶都开始随着跑步带来的风轻轻晃动起来。

天空黑得毫无变化，他眼中却能看见群星燃烧，正亲吻着他的眼睛，在他头上，霞光展开如旋转的扇子。他早已经蠢蠢欲动，等待着身后向他奔来的她。他走路的姿势已经开始有了变化，用脚后跟先落地，紧接着落下自己的脚掌，以一种上下起伏的姿势，很轻盈地，放慢了自己的步伐。就这样越走越慢，他好像是突然看到了月亮，似乎触手可及，正用洁白的光芒增加夜的神秘，丰富黑暗的天际。

他从未思考得如此迅速，电光火石的刹那，他的脑海中已经排练了无数次要对她说的话，包括之前的争吵、不知是不是谣言的那个男孩和在未来似乎已经被保证的幸福与紧密。他想，他会装作无所谓地谈到那一切，然后再大度地释怀。他已经准备好扮演这一角色，不唱红脸唱白脸，他已经在心里想了太多遍，排练了太多遍。

脚步声逼近，近得几乎一伸手就能触到他那已经出了点汗的后背。

他快沉不住气了，正在与促使他转过身来的欲望斗争着。他还是希望能够在最后保持自己的冷静和风度。“我要装作毫不费力”，他还在这么告诉自己。

声音是真的太近了，似乎声音的来源，也就是她，都要能够触到他了。他还是忍不住了。也许沉住气真是个更好的选择，但是这个时候谁又会在乎那些呢？人的感情与爱恋本来就和理性背道而驰。

他想好了，当他转过身来，他一定要紧紧地搂住她！

他迅速地转过身来，他准备好要迎接迎面扑来的她——

可是他只看见一个大概上小学年纪的男孩在练习短跑，从他身旁跑过。

根本就没有什么她。

幸福世界的弃儿

昨天下了一场巨大的暴雨，淹没了大街的每一个角落。到了今天，天空一直是阴的，地下的积水到了傍晚都还没干透。他在家里，窗帘是拉着的，他甚至不用看窗外就知道天空大概是个什么情况，泛着什么颜色。他是一个开朗的丧人，或者精确地说，与人一块儿时看上去乐观开朗，但独自一人的时候，真的只有自己一个人的时候，他复归那个阴郁又消极的非典型社交恐惧症患者。用现在流行的话说，他是一个非典型丧人。

他窝在沙发里，看着手机。他挺奇怪的，从来不玩游戏，因为游戏的内核是重复的，而他恰恰最讨厌重复的东西，这没法给他提供任何的感官刺激。“反正感官刺激就是消费时代的流量嘛，没兴趣。”他这么想。说到底，他还真没有什么铁瓷的哥们儿，朋友不少，关系都不错，但也仅仅是不错。“人们之间本来就是没法共情的。”他又自己瞎琢磨。或者说，他人即地狱，人与人之间只剩误会。

在房间里，空气中盘旋着氤氲的赤裸。他点上了香炉，他喜欢香味，也喜欢上自己一个人待着。

在很多人眼里，他过的生活算得上梦寐以求了。家底儿还算殷实，和父母的关系也挺好。他自己想了想，确实没什么可抱怨的，但也没什么激情燃烧的助燃剂，就这么悬着。他仍有自己的烦恼，人都有烦恼。但这，在别人眼里全是无病呻吟。他意识到了，于是他看得更开了，规避着每一个触及这些烦恼的话语。他隐约感觉到，自己的烦心事儿没那么容易被解决，这似乎一直会盘旋在他头顶，起码一辈子。除非，除非他以后失去了仅存的最后一丝好奇心。那个他自己总是试着去解构的自我，从未显出全貌，总会有太多不该出现的感情一齐喷涌而出。他一直不理解这些感情从哪儿来，又为何要来。比如说他现在拉开了窗帘，看着窗外的乌云。黑云压境，厚重的层云泛蓝，而这种蓝色又深得发黑，像是日落前的海洋，加上太多的遮挡。看到这景象，他突然就来了一阵烦闷，他不理解，一切都发生得如此荒谬。似乎就是这片云否定了一切价值，重估一切价值，结果是一个大大的零。他回到现实，开始去反思现实的生活，至少反思是一个好习惯。现实的压力再一次扑面而来，工作上的压力越来越大，明年就是自己人生的拐点，而现在入秋了，离明年倒也不剩多少时间。他想着自己的周围、自己的家人。他明白家人不愿意给自己什么压力，可正是这一点给了他一种“使命感”，或者说是压力。在这个阶段，不管做什么事，压力都是挥之不去的。他又看窗外，天空和大地显不出一丝情绪，天空像是被漂染了一样，从近到远，有着渐变又自然的、不断加深的蓝色。Blue feelings，这样的指代实在太形象了，看着这样的暗淡，很难不泛起忧郁的波澜。背负着压力就不得不前行，他只能前进，不能停下。从早到晚一直努力着，尽力地干着，工作上他没有半点马虎。但是他发现，真没有什么可盼望的。坦白讲，他没能看见前方。努力拼搏然后成功，可在这之后呢？一路奔跑又是为了什么？为了跑赢而将自己改造，和最初的自己大相径庭到底有什么意义？他融入这个城市，就像一只无头苍蝇。每一个巴士司机，呆滞地握着方向盘；每一个收银员，麻木地找着零钱；每一个白领，无力地回复着邮件，每一个人就像一个火星，盲目地涌去，被裹挟着前进，从未停下。没有人真正明白为什么要这样匆忙，为什么要在公路上将自己置身于陌生的车辆之中，一无所知，所有人都直直地目视前方，唯有前方，直至万火归一。

下午6点出头，云层里透出一丝霞光。火红一片，云层边缘闪着金黄的光晕，从浓云薄雾中炸裂开来，视觉冲击极为明显。他趴在书桌上，桌子上突然出现一道光，只是竖直的一小道，但是特别明亮，从书桌一直延伸到墙壁，把满墙昏暗从中劈开，竖起一道金柱。天气的变化能彻底改变人的心情，那些被乌云贬得一无是处的东西瞬间被阳光赋予了价值。眼前的一切，目之所及都显得欢欣。他无奈地笑了，一个人的心情竟能真的寄托于天气，但是他确实开心了不少，就像走投无路的人，愿意为了最微小的希望拼上命，不管这希望是真是假。他眨巴眨巴眼睛，看了看天气预报，连续十天的阴雨。行吧，这是一个回光返照。有意思的是，人竟然会因为这一丝转瞬即逝的阳光而认为一切都被赋予了价值。看来的确没什么价值。

门铃响了，他起身去拿外卖，顺便揉了揉自己发胀的眼睛。关上门后，又没了声响。再往窗外望去，火红的云彩已无处可寻。不知道是这云因为天黑而看不见了，还是自己消失了，只若阴雨中的惊鸿。“人不能脱离现实太远太久。”长辈们这么告诫，所以他还是耐着性子做了明天的日程表，一样的满满当当。明天又会是忙碌的一天，每一天的明天都会是，一直劫持着我们，狂奔到生命的最后一天。“可就让今天这样过去吧。”他说。趁着天还没有暗成一个黑洞，他又拉上窗帘，找出一部老电影：

“生活是否一直如此艰辛，还是只有小时候如此？”

“一直如此。”

诗歌

Vote
THE PRESIDENT
'Change has
come to America,'
free!
GOVERNMENT
IMPORTANT

你眼中的蓝

现在我才有机会仔细盯着它看
令人害羞又着迷的恐怖
所谓属于女人的粉红中冲进
所谓属于男人的深蓝
暧昧的蒸腾，扩散、聚拢
又互相污染

如果我带着一朵玫瑰在丧礼上歌唱
如果我蓄起长发反对所有的人伦纲常
如果我让你赤身裸体涂满蓝漆坠落在粉色的海洋
如果我是歌利亚，那么何处寻找羔羊
天上从来没有星星，地上的镜子一直满是穹苍

大地要是隆起乳房一样的山包
又将哺育哪一种儿女
乳汁从天而降，空间一样的缝隙像海一般被劈开
笔触遮掩着热爱的
无耻之徒

破损纸张的裂缝无法复原
这就是它优于网络的地方
无法反悔的凋零才成为美
如果痕迹终被抹去
撕成碎片使它更加完整
成为永恒

夏日呓语

从不重复的，再一次伴随着无限的遗憾
夏日就这样结束
南边的乌云闪着诡谲的光芒

我看到了那幢熟悉的星星
又在里面看见了去年、前年和每一个被困住的我

夏日是陷入爱河的
所以只剩刀割伤痕
带来急切的颓废和有恃无恐的疯狂

不分昼夜

想要抓住那透过指缝的几盏夏日时光
拒绝太炎热的清醒
拒绝太美丽的冷静

夏日是留给告别的
活着无数场梦
在雨中陪伴着大街
和自己挥手分别
然后再徐徐捡起
偶尔泪流满面
忘记自己只是空壳

夏日是迷醉的，夏日是狂欢的
闭上眼睛开始疯狂地舞蹈
年轻的酒神，包容一切离经叛道
约上世间鬼魂
找个机会共同彷徨

如今夏日已经结束了
南边的天空闪着诡谲的光芒

心印

乞丐阶级宣言

志在暴利聚财盈室，口言理想价值奔马
质本庸凡，又何谈天才仅此一家
本不是什么盖世才华，却追恋着雪月风花

行与念违，口与心违
千方百计做得盗世欺名
无奈糊涂耽了性命
何况还落得个无名

纵观无数诈世妖孽
与你无异，与我无异
关你屁事，关我屁事

傍晚

云在天空张开了翅膀
身后跟着一穹赤色的苍茫
我向前走着
云也跟着走
好像我也长出了一对翅膀
我的面前有一栋高楼
云面前没有
我要做什么
才能留住这一抹红云?

我也

我也常常热泪盈眶
我也许久沉默叹息
我也永远热爱星辰大海
我也独自啜泣卑微软弱
我也真实得无可救药
我也虚伪得人神共愤
我冷漠地心狠手辣
我慈悲地普度众生
我爱着并陷入一切的陈旧和回忆
也戏谑讽刺所有格式限制和麻木
从没有丢过我的热情
也从没找到我的归宿
一切信念都飘走

时代不需要我们有这些
重塑所有的价值
幸好我还没睡着
猛然惊坐
发现自己早就成了沉默的帮凶

自洽自笑

我见证许多的巅峰和失落
都与我无关
我看着自己的最爱
不必参与其中
坐在长椅上
我放松地观看剧烈的碰撞
我惬意地欣赏晃动的紧张
这儿是饭后的荒漠
是积极的无人区
我抬头看天上日落星移
云不变，只是看不见
这一切都与我无关
我只是个路人
要回到自己的巢穴

冰的秩序消融为水的流淌，
水的秩序蒸腾为汽的混沌。

夜上海

被精心策划的游客
永远看不见当地人拖曳着自己的脚步
所以眼前的城市永远是无忧的
自己的城市永远是苦涩的

而正在关灯的外滩
不是我的粉红色的巴塞罗那
你们说的浪漫
我只觉得残酷

我身后的那位金发碧眼
背着装有酒店房卡的包
踢踏走着自己的大路

对着东方明珠做作扭捏
才是真诚的情感互通
都在尽力演着
有谁敢去揭穿
天黑黑
水也黑黑
人们的心变得黑黑

也许这叫幸运
明天就将离开上海
远离甜蜜的生活
回到生活

猫

有一只猫
一只花猫，白色掺着几块黄斑

我在玻璃这边，她在另一边
我们看着彼此
她隔着玻璃舔着我的脚

有人叫她停留
她却不停走动

人声散去，我回到我的书
她却停下了
她正出神
她在想什么

在为了生存而发呆
还是思考更遥远的东西
比如
她死了以后会活在谁的胃里

现在她开始舔舐自己的脚了

奥德修斯

今天洗澡的时候，
发现有一只小爬虫在墙壁上。
墙上都是水啊，我不知道它干吗要往上爬，
我以为所有虫子都怕水。
纯粹出于好奇，
我把它从墙上扒拉到了地上，
它立马被水淹没，
但是过了一会儿它又爬上了墙壁，
反复几次都是如此。
它不断往上爬追求的是什么呢？
或者说，它自己知道自己在追求着什么吗？
它还在爬，它一定在向着什么爬去！
它一定有着所谓的自己的信念！

它一定不是盲目地爬！

它一定清楚他所追求的那个价值！

它不是一只普通的虫子！

它被赋予了使命！

于是我拿着水龙头对准它，把它淹死了。

它才不知道它爬向什么。

效率

一个最初被用于工具的词，

现在却成了最高的价值。

多荒谬啊！

我们的时间是被钟表上的每一个空格给造出来的，

谁说一天非得是24小时，

明明有科学家说一个人的生理循环是25小时。

原来一直是钟表在作祟。

警惕！

新世纪隐形的老大哥。

一个人多有效率，

他就多像一个机器。

做梦

当我闭眼凝视
宇宙清晰可见
丘比特流着维纳斯的血
我以天地之名自由地活这一世

海底的广告

如果有一个机会
沉入海洋吧
运气好点的话
可以路过孤独的荒岛
要是在深海看月亮
能够和周身的气泡分辨开吗
连照来的光芒都是蓝色的吗
我只记得我的沦陷
往压力深处跳伞
朝陨石坑跳下去
朝百慕大最深的诅咒掉下去
在无边的海水中，身边的万物开始燃烧
摆脱时代的涡流

响彻的使命战鼓被我搁置在海面
继续往下沉，在咸味的雾霭里
我认得路
前方是亚特兰蒂斯——坐落在无底的深渊
我并不担心
就算迷失方向，再也无法归航
也总有群鲸相伴身旁

在安达卢西亚

永远呜咽的吉他，浇灭了黄昏的格拉纳达
没有遮挡的阳光，晒醒久睡的洛尔迦

在哥伦布的航船上，竖起的十字架在说：
“即将长眠的耶稣之子，
带些橄榄，带些橙花，
带回盛夏的塞维利亚”

在安达卢西亚的斗牛场
我站在黄沙的中央
四周太过喧嚣，刹那间尘土都像牛角
脚下的沙土掩埋着骨骸和枪刀
观众席上流出英雄的血
历史不留下尸体，只管你要鲜血和呼号

RIU
RENACE HOY
HUAWEI

周末

家门口的火锅店已经准备打烊
店门口那盏灯还是闪个不停
路上空荡荡只剩下我
高楼大厦都是万家灯火
可黑夜将万火归一
听着破碎的呓语
拖拽着身体回到家
总是搞错了回忆
像是在一片红色沙漠
我们迫不得已融入都市
可为什么身边只剩下荒凉
那我们还剩下些什么
“我们想要的一切都有了

又被夺走原来的一切”
当我看着《德州巴黎》
汹涌的泪水这么告诉我

空荡荡的客厅被灯光填满
谢谢，我回家了

星象研究报告

我已经做了很久的研究

深入挖掘，仔细钻研

我不想以一个老学究的口吻来叙述

但我想告诉你

每一个星星的生命都是从夜幕降临时开始的

每一个晚上都是如此

年轻的星星都是同样的光芒，并无增减，在凌晨它显得最明亮

因为它试着照亮的是最深的黑暗

等天终于渐渐克服可怖的夜

变得老迈的星星也就克服这一生

它们从不在这世界久留，抓住时机耀眼

它是每一个闪烁的瞬间，也是刹那里最激烈的舞蹈

它不需久留

若是你有一天早起，也许能看到

在晨星坠落的时候，请勿鸣唱挽歌

中国尊和小月牙

我庆幸我躺卧于此
我也仅仅只能如此躺卧
天已经黑了
云层几乎没了颜色
我错过了知名的晚霞
中国尊凭什么那么高

我将要错过太多
也许一无所得
台风吹不动这池秋水
我还剩太多
再多努力一些
更清晰地观看自己的局限
该死的中国尊，他怎么还在那儿

我被迫接受
还被要求感谢什么
我想那就算了吧
反正都是做梦
我说云霞云霞你能不能回来
她说今夜的晚上藏着急切的太阳

可我想念着月亮
我想假装文艺
对着小月牙长吁短叹强说愁
尽管小月牙她也是无辜的

我是破碎的
因为我害怕关灯的黑暗
然后我就习惯了黑暗
我慢慢收起我展开的
就像合上一本少儿读物
总是有些完整了
就像中国尊永远守着小月牙

中秋夜无月

无情的月亮闭上了多情的眼睛
周围的夜色还是隐隐发亮
总是离别的人们约定了团圆
酒过三巡只剩一片树叶

今夜没有月亮，今夜不缺离别
今夜的天空泛着蓝霞
晚上的路灯已有秋意
人们眼神中的团聚，略带忧郁

人们在路上，每年都要停车
每一颗月亮，照着一宅停车场
不管看不看得见月亮

大路

夜漆黑
秋风不再凉爽而是寒凉
我独自在街上行走，四周没有声音
只剩寂静和沉默的砖瓦
身旁的路灯忽亮忽暗，一明一灭，闪个不停
两旁的高楼不留一丝灯光
像是一座鬼城，没有出路
我听见身后传来一个男人的脚步
将我跟随
我一回头就不见了
每当我加快脚步，他也快
每当我放慢脚步，他也慢
可我感觉到，每当身边的路灯暗下那一秒

他就离我近一些
我太过恐慌
于是加快脚步
紧紧把面前那个男人跟随
灯一灭，我就离他近一些

少年庄周

薪木不再热烈，火还在蔓延

昨夜梦为蝴蝶，不想再睁眼

那寂寞无形的，那变化无常的，御风又曼衍

明天我，扶摇乘风上青天

发了疯一样，所以穷年

我怎么在这儿，我将要去哪儿

那逍遥境界

南冥图北边，天正色何颜?

尘埃漫野马，哎呀我要飞跃

李老名耳

我是开世唯一一个

从此再也没有

这世界不仁

我也不再付出我的太阳

诱人的黑夜平息怒火

而野狗聚散又离合

唾弃着一切恍惚

道从山底滑向山顶

光明并不善良

就像这世界实际上并不大

只是所有的阴影、时间、拐角、我的寂寞与孤独让它空旷

怀里私藏的黑暗最为耀眼

我走向死亡，是哪里响起了一首奇异的波斯午夜情歌

鸣咽着熄灭我的鼻息，飘来玫瑰的芳香

如果我不是阿波罗

后　记

我从初中开始喜欢哲学，开始读书也是由浅入深，从马尔克斯开始，慢慢读得深入后，接触到卡尔维诺、博尔赫斯，再到弗吉尼亚伍尔夫、佩索阿，我意识到我喜欢的其实是其中的哲学。于是我从诗意的海德格尔开始，慢慢读到了尼采、叔本华，逐渐随着哲学进入文学和诗歌。我充分感受着哲学和文字带来的慰藉，因此不再庸人自扰，也不再妄自菲薄、心比天高。比较庆幸的是，接触哲学是在我最充满表达欲望的年纪，所以我会自顾自地写一些短篇小说和散文，还有一些诗。这是很自由的事，在学习的空档能看一些“无用”的书，是一种幸福。

与智力一样，三观会随着时间的推移、个

人的成长以及对价值的深入探索而进行调整。我试着思考过生死的意义、人生的价值、生来的使命等，最终发现，每过一段时间，心中的答案似乎都不尽相同，不过，我发现人终归是要回到自己内心的，那些我们所喜爱的，以及可以让我终生受教的人与事物，其实就已给出了我们所满意的答案。

每每回首，对于曾经取得的成绩，总有些许得意和成就感。回头看的时候，经常会有点惊讶。我竟然干了这么多事儿。但是仔细想想又不对，我到底干成些啥了呢，貌似又没有。倒是干过的事让我认识了太多的牛人，我深知人外有人，天外有天，自己不过是宇宙中的一星磷火而已，便谦虚。前路还太长，仍需迈步前行，自知未可停下。

我是一个挺坚决的人，特别是在文艺创作方面，几乎成了洁癖。可能太固执也不是什么好事儿，但是我认为如果在文艺创作方面都留太多余地，就丢失了意义。我是反对标榜自己“00后”的身份的。既然创造的是严肃文学，或者说，至少我认为自己正在创造纯文学，就不应再有年龄的差异和回旋的余地。这时候，文艺作品就该被归为文学意志的一部分，就其艺术性进行讨论和比较。当然，在比较过程中也存在标准问题。但作为创作者而不是批评家，我应该尊重每一个不同的标准。无论如何，从我的角度出发，我的诗提供了一个存在主义内化为千禧一代成长骨髓的社会精神的新的视角。我写我所想，毫无伪装，我想这就是好诗。我想，且不提通过这本书能影响多少人，只要我能为研究自身阶段精神以及社会精神提供一个样本的话，这本书就有了它存在的意义。

我仍在求索的路上，无数的未知对我发出野性的呼唤，而我心中的欲望驱使、引领着我不断奔往浩瀚无垠的宇宙。我希望找到宇宙尽头，又希望永远看不到宇宙尽头。那么，就做一个世界的水手吧，奔向每一个码头。

胡宇聪

2019 年 9 月